Sulizi ~A4

작게나마 당신에게
위로가 됐수 있기를 ♡

To.

From. 3:00 am

To.

From. 3:00 am

초판 1쇄 인쇄 2018년 1월 2일
초판 1쇄 발행 2018년 1월 9일

지은이 새벽 세시

발행인 장상진
발행처 (주)경향비피
등록번호 제2012-000228호
등록일자 2012년 7월 2일

주소 서울시 영등포구 양평동 2가 37-1번지 동아프라임밸리 507-508호
전화 1644-5613 | **팩스** 02) 304-5613

ISBN 978-89-6952-222-1 04810
       978-89-6952-224-5(SET)

· 값은 표지에 있습니다.
· 파본은 구입하신 서점에서 바꿔드립니다.

To.

From. 3:00 am

진심을 기록하면 그 모든 것은 시가 되고

경향BP

이 책의
사용법

1. 자신이 가장 좋아하는 장소에 나(다이어리)를 들고 갑니다.
   (시간은 중요하지 않으나, 자신에게 가장 집중할 수 있는 시간이 좋겠습니다.)

2. 이야기를 써내려가기 수월할 만한 펜을 들고, 평소 즐겨 듣던 노래를
   재생합니다.

3. 이 순간만큼은 거짓 하나 없이 솔직해지자는 마음으로 다이어리에 마
   음속에 숨겨 놓은 모든 것들을 털어 놓습니다.

4. 오늘 할 수 있을 만한 이야기를 마치고 나면 조금 후련해진 마음으로
   책장을 덮습니다.

5. 마음이 지치는 날 언제든 내게 찾아와요.

마인드 다이어리를
시작하기 전에

;

이 책을 지칭하는 '마인드 다이어리'는 말 그대로 개인의 마음과
정신을 위한 책입니다.
어린 시절 일기장에 모든 것들을 다 털어 놓던 마음으로 편안하게
써주었으면 좋겠어요.
힘들거나 우울한 일이 있을 때에는 정리되지 않은 것들을 마음속
으로 품고 있는 것보다 누군가와 이야기하고 글로 써가면서 내가
어떤 생각을 하고 있는지, 어떤 부분 때문에 마음이 아픈 건지 스
스로 천천히 정리를 해보는 것이 마음 치유에 도움이 된다고 해요.

우리, 흩어져 있던 마음들을 한곳으로 불러 오면서 잠시 쉬어가는
시간을 가지도록 해요.

이 책에서 저는 제가 가지고 있던 생각들을 풀어 놓음과 동시에 지금 이 책을 같이 쓰고 있는 당신이 조금 더 편안히 글을 쓸 수 있도록 도와주는 인도자의 역할을 맡습니다.

그대는 그저, 그대가 하고 싶은 말을 해요.
그 말만으로도 누군가는 위로받아요.
세상 어딘가에 나 같은 사람 꼭 한 명은 있을 테니까.

나는 내 감정에
충실한 사람일까?

;

- ☑ 주변 사람들의 시선을 중요하게 생각하는 편이다.
- ☑ 친한 친구에게 너는 무슨 생각을 하는지 잘 모르겠다는 말을 들어본 적이 있다.
- ☑ 감정 기복이 너무 심하거나 너무 미미하다.
- ☑ 우는 것을 두려워한다.
- ☑ 누군가에게 기대서는 안 된다고 생각한다.
- ☑ 가끔 내가 가면을 쓰고 살고 있는 것은 아닐까 생각해본 적이 있다.
- ☑ 새로운 사랑을 시작하는 것이 무섭다.
- ☑ 스트레스를 푸는 방법을 알고 있다.
- ☑ 내 마음을 누군가에게 드러내는 것이 조심스럽다.
- ☑ 평소 불안해보이는 꿈을 자주 꾼다.

contents

#이 책의 사용법

#마인드 다이어리를 시작하기 전에

#나는 내 감정에 충실한 사람일까?

새벽 세시 #1

내가 생각하는 '나'라는 사람

새벽 세시 #2

주변 사람들이 나에 대해 해왔던 말들

새벽 세시 #3

내가 생각하는 '행복'이란?

새벽 세시 #4

내가 숨기고 있는 내 마음속의 비밀

새벽 세시 #5

남모르게 내가 간직하고 있는 꿈

새벽 세시 #6

듣고 나서 가장 상처 받았던 말들

새벽 세시 #7

나의 미래를 위한 약속들

새벽 세시 #8

내 인생이 영화라면, 그 영화에서 명대사로 남기고 싶은 말은?

새벽 세시 #9

나의 사랑을 하나의 트랙리스트로 만든다면 그 곡의 제목들은?

새벽 세시 #10

내가 평생 잊지 말아야 할 것들

새벽 세시 #11

내가 마지막으로 눈물 흘린 이유, 그리고 그것에 대한 현재의 생각

새벽 세시 #12

내가 가장 좋아하는 장소, 그 장소에 대한 추억

새벽 세시 #13

과거에 매여 있는 내 자신에게 해주고 싶은 말

새벽 세시 #14

어젯밤, 내가 마지막으로 했던 생각

새벽 세시 #15

비 오는 날에 대한 나의 기억, 그날의 감상

새벽 세시 #16

가장 좋아하는 책, 그 책을 누군가에게 선물하며 하고 싶은 말

새벽 세시 #17

인생에서 가장 중요한 순간이 온다면, 그때 내 옆 사람에게 하고 싶은 말

새벽 세시 #18

지금 바로 떠오른 단어, 그 단어에 대한 생각들

새벽 세시 #19

잊을 수 없는 향기에 대한 서술

새벽 세시 #20

정말 보고 싶던 사람에게 연락이 온다면 하고 싶은 말

새벽 세시 #21

나에게 '사랑'이란?

새벽 세시 #22

인생의 한 장면을 폴라로이드로 찍어
평생 간직할 수 있다면 남기고 싶은 장면은?

새벽 세시 #23

사랑하는 사람에게 꼭 해주고 싶은 말

새벽 세시 #24

오늘 느꼈던 공기의 온도에 대한 서술

새벽 세시 #25

지나간 인연에게 차마 꺼내지 못했던 말들

새벽 세시 #26

누군가의 '이것'만은 꼭 닮고 싶다

새벽 세시 #27

내가 스트레스를 풀기 위해 할 수 있는 최선의 방법

새벽 세시 #28

사랑하는 사람과 꼭 하고 싶은 일들

새벽 세시 #29

5년 뒤의 나에 대한 바람들

새벽 세시 #30

나의 롤 모델은 _____ 이며 나는 앞으로
_____ 하는 사람들의 롤 모델이 되고 싶다

새벽 세시 #31

내가 남모르게 꿈꾸고 있던 그 사람의 고백 멘트

새벽 세시 #32

그 사람이 좋아하던 색, 그 색을 보면 떠오르던 생각

새벽 세시 #33

내가 좋아하는 색, 그 색에 얽혀 있는 에피소드

새벽 세시 #34

죽기 전에 친구와 꼭 같이 해보고 싶은 것들

새벽 세시 #35

아주 오래전에 꾸었어도, 지금까지 선명한 꿈 자락

새벽 세시 #36

내가 남 모르게 숨기고 있는 징크스에 대한 서술

새벽 세시 #37

'낭만'이라는 단어에 대한 서술

새벽 세시 #38

내가 꼭 고쳤으면 하는 나의 성격

새벽 세시 #39

좋아하는 숫자, 그 숫자가 가지는 의미

새벽 세시 #40

길거리에서 울고 있는 사람을 만난다면 해주고 싶은 말

새벽 세시 #41

더 이상 사랑을 믿지 못하게 된 이유

새벽 세시 #42

그럼에도 불구하고, 다시 한 번 사랑을 믿게 된다면?

새벽 세시 #43

'시작'이라는 단어에 대한 서술

새벽 세시 #44

내가 누군가를 기억하는 법

새벽 세시 #45

내가 가지고 있는 가치관에 대한 서술

새벽 세시 #46

내 가치관이 흔들렸던 순간

새벽 세시 #47

내가 좋아하는 것들

새벽 세시 #48

내가 싫어하는 것들

새벽 세시 #49

나의 가치관 형성에 가장 큰 영향을 미친 사람

새벽 세시 #50

내가 살면서 가장 비참했을 때

새벽 세시 #51

사랑하는 사람과 함께할 수 있는 시간이 단 하루만 주어진다면?

새벽 세시 #52

단 한 장의 사진을 찍을 수 있는 카메라가 있다면 어떤 것을 담고 싶은가?

새벽 세시 #53

내가 미래에 꿈꾸고 있는 집의 형태

새벽 세시 #54

첫눈이 온다면 누구에게 어떤 연락을 하고 싶은가?

새벽 세시 #55

생각날 때 미리 써 놓는 유언장

새벽 세시 #56

내가 가지고 있는 안 좋은 습관, 그걸 고치기 위해 해왔던 일들

새벽 세시 #57

내 이름, 내 이름이 가진 뜻, 그 이름에 대한 성찰

새벽 세시 #58

내가 누군가를 통해 새롭게 알게 된 것들

새벽 세시 #59

내가 사랑에 빠지는 순간

새벽 세시 #60

훗날 나의 아이가 나에게서 닮았으면 하는 것들

새벽 세시 #61

훗날 나의 아이가 나에게서 닮지 않았으면 하는 것들

새벽 세시 #62

일생에 한 번뿐인 결혼식에서 사랑하는 사람에게 하고 싶은 서약

새벽 세시 #63

지금껏 지내온 새벽 중 가장 아름다웠던 새벽에 대한 서술

내가 생각하는
'나'라는 사람

'내 사람'이라는 경계가 뚜렷한 사람.

사랑 앞에서는 누구보다 나약해지는 사람.

노래를 들을 때 멜로디보다 가사가 더 중요한 사람.

인생의 우선순위가 뚜렷한 사람.

내게 다정한 사람에게는 누구보다 다정하게 대할 수 있는 사람.

마냥 행복해도 될 시간에도 왜인지 모르게 불안한 사람.

지나간 많은 것들에 대한 미련을 쉽게 끊어내지 못하는 사람.

마냥 좋기보다는 어느 부분에서는 나쁜 사람이고 싶은 사람.

누군가에게 보고 싶다는 말 한마디를 꺼내지 못해 밤을 지새우는 사람.

밤낮이 바뀐 지 오래되어 낮보다는 밤에 하는 일이 많은 사람.

우울한 감정을 조금은 즐길 줄 아는 사람.

주변 사람들이
나에 대해 해왔던 말들

맺고 끊음이 분명한 사람.

주변 사람을 안 챙기는 듯 잘 챙기는 사람.

사랑하는 사람에게만은 한없이 잘하는 사람.

한 번 사랑한 사람을 쉽게 잊지 못하는 사람.

다른 사람의 이야기를 잘 들어주는 사람.

실질적인 조언을 해주지 않더라도, 문제에 대한 답을 스스로 찾도록 해주는 사람.

항상 깨어 있는 사람.

이제는 제발 좋은 사람을 만났으면 좋겠다고 생각하는 사람.

유독 달을 좋아하는 사람.

생각보다 훨씬 더 많은 것들을 기억하는 사람.

그 기억 때문에 아파하는 날이 많은 사람.

주변
사람들이
나에 대해
해왔던 말들

내가 생각하는
'행복'이란?

좋아하는 사람과 무언가를 할 수 있는 모든 시간과 내가 간직해온 수많은 것들을
그 사람에게 전부 주고도 조금도 아깝지 않을 만큼 온전한 사랑. 그 안에서 찾을 수
있는 평온함과 안정감.

내가 좋아하는 일을 하고, 그 일을 하느라 힘든 시간들을 보내면서도 느낄 수 있는
성취감. "그래, 내가 이거 때문에 이런 일을 하지." 하면서 내 자신을 위로해줄 수 있
는 그 찰나의 감정.

마음의 고향 같은 장소에서 보내는 혼자만의 시간. 누군가와 이야기를 하지 않아도
그 공간 안에 있다는 것만으로 마음의 허기를 달래줄 수 있는 순간.

내가 숨기고 있는
내 마음속의 비밀

정말 별거 아닌 일로 미워하게 된 누군가를 아직도 미워하고 있다는 것.

그 이유는 이제 생각나지 않지만 감정만이 남아서 사람을 이유 없이 미워하고

있는 게 아닌가 하는 죄책감이 든다는 것은 덤.

언제든 무너질 수 있다는 생각으로 하루하루를 살아가면서 다른 사람보다 마음에

많은 불안을 안고 살아가고 있다는 것.

괜찮다고 수없이 말했지만 괜찮지 않았던 순간들이 더 많았다는 것.

누군가를 여전히 그리워하고 있다는 것, 그 사람이 이 사실을 알게 된다면 "아직도?"

하고 물을 정도로 꽤 오랜 시간이 지났음에도 불구하고

지나간 연애의 대부분을 기억하고 있다는 것. 물론 감정 없는 기억이 대부분이지만.

남모르게 내가
간직하고 있는 꿈

내가 만들고 부른 노래가 세상에 나오는 것.

그 사람과 처음 만났던 장소에서 다시 한 번 이야기를 나눌 수 있었으면 하는 것.

나를 본인보다 사랑해줄 수 있는 사람을 만나는 것.

미친 척하고 지금 당장 어디로 떠나버리자고 말해도 주저 없이 그러자고 말해줄 수
있는 사람의 존재를 찾는 것.

이게 사랑일까 아닐까 고민하지 않는 날이 찾아오는 것.

내가 가진 능력으로 누군가를 위로하고 살릴 수 있는 것.

나의 글을 좋아하는 마니아층이 탄탄해지는 것.

남모르게 내가
간직하고 있는
꿈

듣고 나서 가장 상처 받았던 말들
(그 말을 듣고 하고 싶었던 말들을 같이 적어보자.)

시간이 지나면 더 좋아질 줄 알고 시작했는데 그게 아니었어.

(설렘이 사라졌다고 그게 사랑이 아닌 게 되어버린다니 참 우습네. 그래도 나는 너 못 미워해.

이렇게 좋아해버린 상태에서 내가 무슨 말을 더 할 수 있겠어. 그냥 나만 비참해지는 거지.)

네가 뭘 잘했다고 울어?

시간 가진다고 달라질 게 없는 것 같은데 우리 그냥 헤어지자.

솔직히 우리 회사에서 원하는 인재상과는 거리가 먼 것 같아요.

나 너 안 사랑해. 지금까지 내가 했던 말도 행동도 다 거짓이었어.

네가 뭐라도 되는 줄 아나 본데.

그동안 고마웠어.

나의 미래를 위한 약속들

누군가에게 상처를 줄 수밖에 없는 상황이라면 그 이유가 정당해야 한다.

사람 마음 가지고는 절대 장난치지 말자.

모든 관계에서 적정선 유지는 중요하다는 것을 잊지 말자.

다른 누구보다 내 자신을 먼저 사랑하자.

모든 일에는 대가가 따르는 법이니 그것을 감당할 수 있는 책임감을 기르자.

사랑을 할 때 이것저것 재보면서 마음을 아끼려 하지 말자.

마음을 다 주어버려 상처를 받았다고 해서 다음 사람을 만나는 것을 두려워하지 말자. 후회 없이 사랑했다면 그것으로 되었다.

나의
미래를 위한
약속들

내 인생이 영화라면, 그 영화에서 명대사로 남기고 싶은 말은?

네게서는 우울의 냄새가 나.
나는 그게 참 애닳고, 애틋하고 그래.

내 인생이 영화라면,
그 영화에서 명대사로
남기고 싶은 말은?

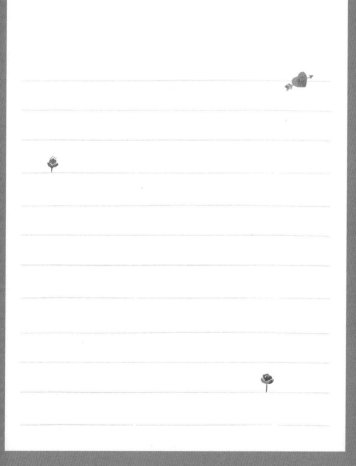

나의 사랑을 하나의 트랙리스트로 만든다면 그 곡의 제목들은?

네가 내 세상이 되던 순간

우리라는 이름으로

놓지 못해 지켜가던 나날들

이별도 사랑의 과정이 될 수 있다면

감정 말고 기억

이제야 웃으며 말할 수 있는 것들

나를 기대하지 않을 너에게

나의 사랑을
하나의 트랙리스트로 만든다면
그 곡의 제목들은?

내가 평생
잊지 말아야 할 것들

어린 시절 껴안고 자던 인형에게 마음 속 모든 것을 털어 놓았던 순수함.

매 순간 감사할 줄 아는 마음.

상대방의 마음을 진심이라고 믿어줄 수 있는 확신.

아닌 것은 아니라고 말할 수 있는 단호함.

결국 세상은 사랑 없이는 살 수 없다는 것에 대한 인정.

내 마음대로 다른 사람의 마음을 재단하고 단정 짓지 말아야 한다는 것.

어떠한 상처는 시간이 지난다고 해결되는 것이 아니고, 그것을 이겨내야만 하는 건

결국 나라는 사실.

내가 평생
잊지 말아야 할
것들

내가 마지막으로 눈물 흘린 이유, 그리고 그것에 대한 현재의 생각

영화관에서 친구와 영화를 보고 나오는데 내 옆에 앉은 사람이 그 사람이 아니라 다른 사람이라는 사실이 인정이 되지 않았고, 그 이유로 영화를 보는 내내 그 사람 생각을 해버렸다. 영화를 다 보고 나와 집에 걸어가면서 내가 영화 보는 걸 좋아했던 이유는 단지 영화가 재밌어서가 아니라 내 옆에 앉은 당신이 두 시간 남짓한 시간 동안 쭉 내 손을 잡아주었기 때문이었다는 것을 깨달았다. 순간 속절없이 밀려오는 당신에 대한 기억 때문에 울었다.

여전히 그때의 감정을 생각하면 코가 시큰거리지만 이제 눈물이 나올 정도는 아니다. 한동안 영화관을 가지 못할 것 같지만 마음이 조금 무뎌지고 나면 좋은 사람과 좋은 영화를 보러 갈 생각이다. 그때는 당신 생각이 나지 않았으면 좋겠다.

내가 마지막으로 눈물 흘린 이유,
그리고 그것에 대한
현재의 생각

내가 가장 좋아하는 장소,
그 장소에 대한 추억

신사동 가로수길에 있는 한 카페, 태어나 처음으로 낭만이라는 단어의 실체를 만났고, 그 낭만을 사랑했고, 그 단어를 잃고, 남은 평생을 추억했던 날들. 그 후로도 많은 사랑과 존경의 시작과 끝을 당연하다는 듯 그곳에서 함께했다. 아직 많은 인연이 나를 기다렸으면 하는 곳.

내가
가장 좋아하는 장소,
그 장소에 대한 추억

과거에 매여 있는
내 자신에게 해주고 싶은 말

감정에 솔직할 수 있는 건 좋은 거야. 하지만 그 감정 속에 파묻혀서 현실을 보지 못한다는 건 잘못이야. 힘들다는 거 잘 알고 있어. 얼른 괜찮아지라는 거 아니야. 아무리 노력해도 쉽지가 않지? 하나부터 천천히 시작하자. 마음 꽁꽁 닫아 놓고 괜찮은 척하지 말고, 괜찮지 않으면 하나도 안 괜찮다며 힘든 티도 팍팍 내가면서. 좋은 사람들에게 마음 한쪽이라도 기대면서. 그렇게 조금만 더 힘내보자. 사랑해.

과거에 매여 있는
내 자신에게
해주고 싶은 말

어젯밤,
내가 마지막으로 했던 생각

내일 하늘에도 오늘 밤과 같은 달이 뜰까? 아니다. 오늘보다 조금 더 커졌을 수도 있
겠다. 일어나면 하늘이 어떤 색인지부터 확인해야지. 달이 뜨면 그 사람도 내 생각
한 번은 해주려나. 조금은 아파주면 좋겠다. 나만큼은 아니어도 좋으니까 내 목소리
듣고 싶어해줬으면 좋겠다. 바보 같다. 미련 같은 거 하나 없이 나도 그 사람처럼 잘
살 수 있었으면 좋겠다. 내일은 오늘보다 조금 더 행복한 일을 해야지.

얼른 자자. 제발.

어젯밤,
내가 마지막으로 했던
생각

비 오는 날에 대한 나의 기억, 그날의 감상

대체로 비 오는 날에 대한 기억이 그렇게 좋지는 않다. 비가 오면 그 우중충한 분위기 때문에 우울해졌던 날이 대부분이어서. 그 대부분의 날들 동안 나는 누군가를 그리워했고 그 때문에 울었고 이제 잊어야 마땅할 목소리 한 번이 듣고 싶어서 핸드폰을 들었다 놨다 했다. 이상하게 비만 오면 그렇게 누군가의 안부가 묻고 싶어진다. "우산은 챙겼어요? 날이 추운데 옷은 따듯하게 입었어요?" 하는, 이제는 그 사람 옆의 다른 이가 챙길 안부 같은 것을.

아, 그래도 딱 한 번 좋았던 적이 있었다. 당신과 내가 같은 우산 속에 서로의 어깨가 비에 젖을까 걱정하며 걸었던 찰나의 순간. 그 기억으로 우울을 극복하고 산다. 그래서 나는 당신이 참 고맙고 밉고 그래.

비 오는 날에 대한
나의 기억,
그날의 감상

가장 좋아하는 책,
그 책을 누군가에게 선물하며
하고 싶은 말

《운다고 달라지는 일은 아무것도 없겠지만》

당장 달라지는 게 없더라도 결국엔 무뎌진다는 거 다 알지. 힘들 때마다 읽어봐. 그
렇게 위로가 되는 책은 아니야. 그래도 누가 옆에 있구나, 정도의 생각은 할 수 있을
거야. 그게 어디니. 우리 사는 인생이 다 그렇지.

가장 좋아하는 책,
그 책을 누군가에게 선물하며
하고 싶은 말

인생에서 가장 중요한
순간이 온다면,
그때 내 옆 사람에게 하고 싶은 말

앞으로 내가 더 힘들어질지도 모르겠어. 별것도 아닌 일로 당신한테 투정을 부릴 수도 있고, 지쳐 있는 내 모습을 보면서 당신이 더 지쳐버릴지도 몰라. 그래도 나 노력할게. 당신이 내 옆에 있고, 당신과의 미래를 생각하는 이 순간이 내 인생에서 가장 중요한 순간이야. 나 더 괜찮은 사람이 될 수 있도록 노력할게. 당신 인생의 한 부분이 나로 인해 빛날 수 있게.

인생에서 가장 중요한 순간이 온다면,
그때 내 옆 사람에게
하고 싶은 말

지금 바로 떠오른 단어,
그 단어에 대한 생각들

선

백지 위에 기다랗게 뻗어 있는 모양새를 좋아한다. 어떤 것을 떠올린다고 해도 이상하지 않을 것 같은 느낌. 그 위에 꽃 한 송이를 심어도 좋고, 좋아하는 너의 모습을 그려 탄탄한 땅을 밟게 하여도 모자라지 않을 것 같은 안정감. 어찌 보면 날카로운 것 같고 다르게 보면 부드러운 것 같은 이중성. '선을 지킨다.'라는 말과 '선을 넘는다.'라는 말이 가지는 문장의 차이. 너와의 적정선을 지키면서도 네 주변에 있던 나의 마음을 중심으로 옮겨 온전히 네 안으로 파고 들어가고 싶었던 욕심. 그 평행선. 그 위에 있던 너와 나.

잊을 수 없는
향기에 대한 서술

그 당시 네가 뿌렸던 향수. 가만히 향을 맡고 있으면 파랗다 못해 새카만 바다에 비친 달빛이 떠올랐던 그것. 네게 물어볼 수 없고, 쉽게 찾을 수도 없어서 1년을 찾아 헤매다가 결국 찾아낸 향기. 네가 없는 곳에서도 너를 떠올릴 수 있는 유일한 매개체. 길거리를 돌아다니다 같은 향이라도 맡게 되면 나도 모르게 너를 기대하게 되는 그것. 내게 그것은 너, 어쩌면 그보다 더한 낭만.

잊을 수 없는
향기에 대한
서술

정말 보고 싶던 사람에게
연락이 온다면 하고 싶은 말

오랜만이네. 내 전화번호는 어떻게 알았어? 아, 그랬구나. 잘 지냈어? 나야 뭐 늘 똑같이 지냈지. 시간 나면 언제 얼굴이나 한번 보자. 예전에 우리 자주 갔던 곳 있잖아. 거기 이제 문 닫고 다른 거 생겼던데 거기도 나름 괜찮아. 거기 없어졌단 얘기 들었을 때 솔직히 나 그 날 되게 많이 울었다. 바보 같다는 소리 하지 마. 기분 되게 이상했단 말이야. 응, 이제 괜찮지. 그때 만나던 사람이랑은 아직도 잘 만나? 그렇구나. 좋은 사람이라 다행이다. 나, 이제 하던 거 마저 하러 가야 될 것 같다. 다음에 또 연락하자. 건강 잘 챙기고. 반가웠어.

/ 끝내 보고 싶었다는 말도, 난 아직 전화번호를 지우지 못했다는 말도 할 수 없을 것 같아서.

정말 보고 싶던 사람에게
연락이 온다면
하고 싶은 말

나에게
'사랑'이란?

어쩔 수 없이 필요하지만, 필요할 때마다 찬란하고 그만큼 아픈 감정. 마음속 아주 깊은 곳에서부터 끓어오르는 아픔 없이 누군가를 사랑해본 적이 없었다. 그런 느낌이 들지 않는다면 그게 나한테만은 사랑이 아니었으니까. 그 사람을 사랑할 때 순간순간 가슴께가 아파져서는 수시로 심장을 쓸어내렸다. "괜찮아." 하고 억지로 달래 놓았던 그것은 헤어지자는 말을 하고 나서야 터졌다. 그때부터는 나오지도 않던 눈물이 그렇게 잘도 나오더라. 세상이 터질 것같이 떨렸던 감정은 언젠가 내 세상을 다른 이유로 무너지게 했다. 그 아픈 걸 수없이 반복하고도 나는 사랑을 믿는다. 아픈 사랑은 사랑이 아닐 거라 생각하지도 않는다. 다만 종류가 다를 뿐이고, 나는 그냥 이런 사랑을 하는 사람일 뿐이다. 남들보다 조금 더 쿨하지 못하고, 더 감성적이고, 그 사람에 대한 기억력이 너무 좋았던. 그냥 그런 사람.

인생의 한 장면을 폴라로이드로 찍어
평생 간직할 수 있다면
남기고 싶은 장면은?

그 사람과 처음 만난 날, 서로에 대해서 아무것도 모르던 두 사람이 자신의 이야기를 허물없이 털어 놓았던 시간. 자리에서 일어나 집에 가는 길엔 어딘지 모르게 달라져 있던 공기. 함께 걸어가면서 그날따라 보이지 않던 달을 찾으며 "나 달 보는 거 되게 좋아해." 하고 말하던 순간. 낯선 사람과 연인의 경계를 아슬아슬하게 넘나들었던 그 장면. 아직까지 나는 그걸 참 사랑해서.

인생의 한 장면을
폴라로이드로 찍어 평생 간직할 수 있다면
남기고 싶은 장면은?

사랑하는 사람에게
꼭 해주고 싶은 말

당신이 자고 있다는 걸 알아서 혹여나 깰까봐 더한 말을 남길 수는 없고 오늘 못다한 말들이 마음속에 가득 차서 잠 못 이루는 나의 밤을 위해 이 마음 조금 더 이어봐요. 나는 당신이 참 고맙고 매일 예뻐서 어디까지 다정해야 할지 잘 모르겠고 매일나의 존재를 완성하고 부재를 걱정하는 당신을 얼마만큼 사랑해야 할지 잘 모르겠어요. 중요한 건 내가 당신으로 인해 조금씩 변해가고 있다는 것이고 당신에게도 나로 인해 어떠한 변화가 생긴다면 그게 당신을 좋은 길로 이끌어주길 바라요. 내 사랑, 물론 한평생을 뜨겁게만 살 수는 없겠지만 늘 적당한 온도 안에 당신이 살아갈 수 있게 내가 빠른 걸음을 늦추고 한 걸음 뒤에서 같은 자리를 지킬 테니까. 당신은더 이상 불안해하지 말고 그 모습 그대로 나를 사랑해주면 되어요. 부족한 나라서많은 것을 약속할 수 없으니 딱 한 가지만 약속해요. 내가 할 수 있는 최선의 애정을당신께 바칠게. 더 이상 남은 게 없을 만큼 다 쏟아부을게. 그러니 천천히 오래 봐요. 우리. 사랑한다는 말이 닳아 없어질 때까지 사랑해요.

사랑하는
사람에게
꼭 해주고 싶은 말

오늘 느꼈던
공기의 온도에 대한 서술

날씨가 예전보다 많이 쌀쌀해져서 겨울의 초입에 서 있다. 옷을 따뜻하게 입었어야
하는데 생각 없이 니트 한 장만 입고 밖에 나와버렸다. '아직 입을 옷이 많이 남아
있는데. 가을 옷은 역시 입을 시간이 얼마 없구나.' 하고 생각하다가 문득 가을 같은
사람 하나가 떠올라서 잠시 웃어보았다. 코끝에 스치는 바람에서 지나간 어떤 날과
비슷한 온도가 느껴졌다. 다만 그날의 나와는 달리 오늘의 나는 마음이 반쯤 비어
있었다. 사실 그건 아무래도 괜찮았다. 겉옷 하나만 더 챙겼어도 완벽했을 온도, 겉
옷이 아니라면 내 옆에서 내 손을 잡아주는 누군가의 존재라든지.

오늘 느꼈던
공기의 온도에 대한
서술

지나간 인연에게
차마 꺼내지 못했던 말들

너 내가 친구이긴 했어? 마지막까지 아무 말 안 하고 싸우지도 않고 그냥 나 혼자 정리하고 떠나버리긴 했지만 그래도 나한테 변명 한마디 정도는 할 수 있었잖아. 나한테 들일 정성이 네 입장에서 필요하지 않았다는 건 알겠는데 솔직히 아직까지 좀 서운하다. 아무래도 같이 한 시간이 길다고 해서 마음까지 깊어지는 건 아닌가봐. 진심이 아닌 관계를 버린 것에 대한 후회는 없어. 그래도 언젠가 그때 네 이야기를 들어보고 싶기는 하다. 대체 왜 그랬던 건지. 아직도 이해가 안 되거든.

누군가의
'이것'만은 꼭 닮고 싶다

누군가에게 닮고 싶은 것들은 사실 수도 없이 많겠지만, 나는 다른 사람들에 비해
생각이 많아 그것 때문에 힘들었던 적이 많다 보니 다른 것보다는 그냥 단순함을
닮고 싶다. 한 가지 일에 대해 너무 많은 방향으로 생각하지 않고 그냥 맞다, 아니다
정도로만 생각할 수 있다면 살아가면서 감정적으로 힘든 대부분의 일들을 흘려보
낼 수 있을 것 같아서.

내가 스트레스를 풀기 위해
할 수 있는 최선의 방법

코인 노래방에 가서 부르고 싶은 노래 다 부르기.

노래 부르다 울고 싶으면 좀 울어도 좋고

하고 싶은 말들을 한가득 적어놓고 그 말들을 몇 번이고 읽어보기.

불을 다 꺼 놓고 좋아하는 노래를 들으면서 가만히 누워 있기.

볼 때마다 슬픈 영화를 틀어 놓고 펑펑 울어버리기.

어디로든 떠나자는 여행 계획 짜기.

내가 스트레스를 풀기 위해
할 수 있는 최선의
방법

사랑하는 사람과
꼭 하고 싶은 일들

어디로든 둘만의 여행 떠나기.

커플 아이템 만들기(반지나 팔찌 직접 만들기).

둘이 같이 작곡, 작사한 노래 부르기.

만난 날부터 계속해서 같이 교환 일기 쓰기.

굿모닝 인사부터 굿나잇 인사까지 함께하기.

불꽃 축제 보러 가기.

서로의 가족들과 다 같이 여행 떠나기.

별이 잘 보이는 곳에 가서 같이 별자리 찾기.

한 달의 시작인 1일마다 한 달 계획 같이 짜기.

사랑하는 사람과
꼭 하고 싶은
일들

5년 뒤의
나에 대한 바람들

누가 뭐라고 해도 내 편을 들어줄 수 있는 친구들이 여전히 내 곁에 남아 있었으면. 이 우주 안에서 나를 가장 사랑한다는 연인과 이미 2년 정도 만나고 있는 상태였으면 좋겠고

내가 하고자 하는 분야에서 어느 정도 자리를 잡은 상황에도 다른 일들을 더 해보고 싶다고 생각하는, 여전히 하고 싶은 일이 넘치는 사람이었으면 좋겠다. 또 힘든 일이 생기더라도 금방 털어내고 일어날 수 있을 만큼 여전히 용기 있고 긍정적인 사람이었으면. 마지막으로 가장 중요한 걸 덧붙이자면 무언가를 받는 것에 대한 감사함을 잊지 않고 그만큼 꼭 베풀 수 있는 사람으로 성장해 있기를.

5년 뒤의
나에 대한
바람들

나의 롤 모델은 ＿＿＿＿이며 나는 앞으로 ＿＿＿＿하는 사람들의 롤 모델이 되고 싶다

나의 롤 모델은 사랑에 있어 솔직한 모든 사람들이며 나는 앞으로 각자의 방식으로 감정을 표현하는 사람들의 롤 모델이 되고 싶다.

나의 롤 모델은 _____ 이며
나는 앞으로 _____ 하는 사람들의
롤 모델이 되고 싶다

내가 남모르게 꿈꾸고 있던
그 사람의 고백 멘트

당신을 이루는 모든 것들을 사랑해. 마음 가득 간직해온 숱한 상처들과 지나간 사람들에 대한 추억들까지도, 그 모든 것을 쥐고 미워하지도, 슬퍼하지도 못하는 너를 세상 그 누구보다 사랑하고 있어. 하고 싶은 말을 늘어놓자면 밤을 새워도 모자랄 것 같지만. 그중에도 꼭 하고 싶은 말이 있다면. 내가 너무 늦었지. 그동안 내가 없는 세상에서 힘들었지. 나는 어디 안 가. 그러니까 마음 편히 사랑해. 네가 할 수 있는 최선으로 밑바닥이 드러날 때까지 너를 소모해도 좋아. 너를 또다시 가득 채우는 건 내가 할게. 네 여린 마음으로 사랑의 문장들을 뱉어줘. 내 마지막은 당신이야. 너와 내가 굳게 믿는다면 이 모든 것은 현실이 될 거야. 사랑해, 지금 내 인생에 이 말보다 중요한 말은 없어.

내가 남모르게
꿈꾸고 있던
그 사람의 고백 멘트

그 사람이 좋아하던 색,
그 색을 보면 떠오르던 생각

일반적인 것보다 조금 더 어두운 듯한 청록. 초록색과 파란색의 경계를 넘나드는 것 같은 그런 청록색. 그 사람한테 유난히 잘 어울리던 스트라이프 셔츠가 있었는데 그 셔츠에 있는 굵은 선 색깔이 딱 그 색이었지. 내게 청록은 그 사람의 색이었다. 똑같지도 않은 셔츠를 보고도 매번 그 사람이 떠올랐지. 보고 있으면 빨려 들어갈 것 같고 어딘지 모르게 우울을 숨기고 있을 것 같던 청록의 너. 다른 사람에게 본인 고유의 색을 빼앗겨본 적이 없던.

그 사람이 좋아하던 색,
그 색을 보면
떠오르던 생각

내가 좋아하는 색,
그 색에 얽혀 있는 에피소드

코발트블루. 파란 계열의 색들 중에서도 가장 청아하고 깨끗한 느낌이 드는 채도 높은 파랑. 보고만 있어도 마음이 편안해지는 느낌. 자주 끼고 다니는 반지의 보석도, 좋아하던 니트와 맨투맨도 같은 색이었다. 파랑을 몸에 지니고 다니는 것이 마치 내게 하루의 행운을 가져다줄 것만 같았다. 물론 그게 워낙 튀는 색이다 보니 옷을 입고 다니면 사람들의 시선이 집중되어 부담스러울 수 있다는 부작용이 뒤따랐지만.(웃음)

내가 좋아하는 색,
그 색에 얽혀 있는
에피소드

죽기 전에 친구와
꼭 같이 해보고 싶은 것들

같이 해외여행 가서 액션 캠으로 여행 영상 찍기. 여러 나라를 돌아다니면서 촬영을
하고 한국에 돌아오면 영상들을 같이 편집해서 소중하게 간직하고 싶다. 기분이 다
운될 때마다 그거 틀어 놓고 있으면 행복해질 수 있을 것 같아서.

바다 앞에서 맥주 한 캔 들고 서로 속마음을 털어놓는 시간 보내기. 파도 소리 들으
면서 지금까지 솔직하게 말하지 못했던 서운한 점이나 비밀 같은 것들을 털어놓으
면 마음이 편해질 것 같아서.

차 안에 좋아하는 노래 크게 틀어 놓고 탁 트인 곳으로 드라이브 가기. 근교에 있는
카페 같은 곳에 가서 이야기도 나누고 같이 책도 읽고 하면 진짜 힐링될 것 같아서.

죽기 전에
친구와 꼭 같이
해보고 싶은 것들

아주 오래전에 꾸었어도,
지금까지 선명한 꿈 자락

어떻게 보면 되게 창피한 일이어서 네가 알게 되면 엄청 웃을지도 모르겠지만 나 너한테 대체 몇 번 차이는 건지 모르겠다. 나를 좋아하는지 모르겠다며 네가 떠나버 린 그날 이후로 그래도 몇 번 네가 꿈에 찾아왔는데, 너 그때마다 나를 사랑하지 않 는다더라. 그래도 꿈인데 한 번 정도는 사랑해줄 수도 있는 거 아닌가. 그래, 별로 이 상하지도 않지. 꿈속의 내가 너를 여전히 사랑하고 있다는 건. 그래도 그렇게 수없 이 사랑 고백을 하고 "나 아직 널 좋아해." 하면서 현실에서는 할 수도 없는 소리를 하고 있는 내가. 이상하게 참 좋더라. 내 무의식이 아직 사랑 앞에서 당당할 수 있다 는 게. 네 사랑이 없어도 여전히 너를 사랑할 수 있다는 내 자신이 나는 참 좋아. 끝 까지 네 감정에 솔직한 너 역시도.

아주 오래전에 꾸었어도,
지금까지 선명한
꿈 자락

내가 남 모르게 숨기고 있는 징크스에 대한 서술

징크스는 스스로 만드는 것이라고, 사실 아니라고 생각하고 살면 그냥 아닌 것이 될 수도 있는 거긴 한데 대체로 맞아버렸던 것들에 대해서 말을 해보자면 항상 커플 팔찌(연인하고든 친구하고든 상관없이)를 맞춘 상대와는 이상하게 얼마 되지 않아 연이 끊어져버렸다. 대체로 연인과는 설날, 추석 등의 연휴 때 떨어졌다가 오랜만에 만나면 진짜 별것도 아닌 걸로 다퉈서 헤어지고는 했고

사실 징크스가 맞아 떨어지든 아니든 그걸 깨뜨려줄 수 있는 누군가는 언제고 나타나기 마련이라 그렇게까지 신경을 쓸 필요는 없다. 꼭 그게 아니어도 지나갈 인연이었다면 어떻게든 지나갔을 테니까.

'낭만'이라는
단어에 대한 서술

'낭만'이라는 단어가 마냥 좋은 것들만 포함하고 있다고 생각하지는 않는다. 낭만적인 사람은 늘 누군가에게 최고의 연인이자 최악의 연인이 될 수 있다. 그 사람의 존재가 나의 많은 부분을 채우고 있다는 건 굉장히 위험한 일이다. 연애를 할 때 나를 잃어서는 안 된다는 걸 알면서도 내 낭만의 표상 같은 그 사람에게 나를 빼앗기지 않는다는 건 애초부터 불가능하다. 나는 내 인생에 딱 한 번의 낭만을 맛보았다. 지금까지 어떤 사람과 나누었던 문장보다 당신이 뱉은 몇 가지 단어가 더 달콤했다는 이유로, 당신의 행동 하나가 내 세상의 색감을 좌우하던 그 시기에. 나는 당신을 세상의 모든 것보다 사랑했고 당신은 내가 당신이 될 때쯤 이까짓 낭만은 별거 아니라는 듯 떠나버렸으니까. 낭만의 존재를 아는 자와 모르는 자의 인생은 어떻게든 다를 수밖에 없다. 나는 그래도 그게 당신이어서 참 다행이다.

내가 꼭 고쳤으면 하는
나의 성격

한 가지 일에 대해 너무 많은 방향으로 생각하는 것.
/ 사실 정말 단순하게 생각하면 끝날 일도 혼자 심각하게 생각해서는 괜한 감정 소
비를 너무 많이 하게 된다.

사람에게 어떤 말을 할 때 직접적으로 말하지 못하고 돌려서 말하고는 그 사람이
내 말을 알아듣지 못하는 것에 대해 서운해하는 것.
/ 확실하게 말하지 못한 쪽은 오히려 나인데 내 마음을 다 알아달라며 투정을 부리
는 것 같은 기분이 들 때마다 내 자신이 바보 같아진다.

새벽 세시 #39

좋아하는 숫자,
그 숫자가 가지는 의미

22. 하나보다는 둘이 좋은데, 그 두 개가 같이 있는 모양새가 좋아서. 그게 내 생일이 있는 날짜이기도 하고, 사실 이건 별거 아니긴 하지만 군이 의미 부여를 하자면 지금보다 조금 더 어릴 때는 연인과 22일 정도 만난 것도 기념을 하고 그랬는데, 그 얼마 안 된 기간이 지닌 순수함과 풋풋함이 좋아서.

길거리에서 울고 있는
사람을 만난다면 해주고 싶은 말

사실 길거리에서 울고 있는 사람을 만난다면 잠깐 쳐다볼 뿐 아무 말도 안 하게 될 것 같기는 하지만 어떻게든 말을 할 기회가 생긴다면 많이 울고 나서 조금이라도 마음이 풀렸으면 좋겠다는 말을 하고 싶다. 혹시 추운 날이라면 따뜻한 캔 커피라도 하나 손에 쥐어주면서. 구구절절한 다른 말보다 그냥 괜찮다는 말 한마디 건네준다면 그 사람도 잠깐은 위로받을 수 있지 않을까.

길거리에서
울고 있는 사람을 만난다면
해주고 싶은 말

새벽 세시 #41

더 이상 사랑을
믿지 못하게 된 이유

계속되는 사랑의 실패로 내 곁에 오래도록 머무를 수 있는 사람은 왜 없는 걸까, 하
는 생각을 반복해왔다. 그래도 나와 그 사람이 무언가 잘못해서 그런 건 아닐 거라
는 알량한 자존심 때문에 그냥 사랑 같은 건 없나보다, 하며 내 자신을 위로해온 것
이 한참. 첫 시작에 그렇게 뜨거워 터질 것만 같았던 사랑은 늘 그 사람이 내 세상이
될 때쯤엔 미지근해져 있었다. 차갑지도 뜨겁지도 않아 끝내기도 지속하기도 애매
했던. 말 그대로 정말 너무 애매해서 어찌할 바를 모르던 그 사랑을 또 한 번 시작하
는 것이 맞는 건지 고민이 들기 시작했다. 또 한 번 누군가가 변해가는 모습을 보게
되는 것이 두려웠다. 또 한 번 사랑에게 속고 싶지 않았다.

더 이상
사랑을 믿지 못하게 된
이유

그럼에도 불구하고,
다시 한 번 사랑을 믿게 된다면?

언제고 내가 다시 사랑을 믿게 될 것이라고 확신한다. 그런 생각을 가지게 만드는 누군가가 나타날 것임을 믿어 의심치 않기 때문이다. 다시 한 번 사랑을 믿게 된다면 그 순간만큼은 그 감정에 집중하고 싶다. 나는 내가 또 한 번 사랑에 속아 울게 되더라도 현재 내 옆에 있는 사람에게 최선을 다할 수 있었으면 한다.

그럼에도 불구하고,
다시 한 번 사랑을
믿게 된다면?

'시작'이라는
단어에 대한 서술

'시작'은 언제 들어도 설렘과 두려움이 공존하는 단어가 아닐까 싶다. 개인적으로 "시작이 반이다."라는 말을 좋아한다. 어떤 일이든 처음 발 딛는 것이 가장 어렵다. 시작을 하고 나면 어떻게든 앞으로 나 있는 길을 걷게 되어 있으니까. 그래서 그 어려운 걸 해낸 누군가는 이미 시작했다는 이유로 그 길에서 나올 생각을 못하기도 한다. 내가 시작에 대해 하고픈 말은 모든 시작에 끝이 있어야 하는 건 아니라는 거다. 모든 길은 일직선으로만 나 있지 않다. 걷다가 이 길이 아닌 것 같으면 주저 없이 뒤돌아서 다시 길을 찾아 나서면 된다. 아니다 싶은 곳에서 다시 걸어 나오는 것 역시 또 한 번의 시작이다. 그러니 그걸 포기나 끝이라는 단어로 표현할 필요는 없다.

내가 누군가를
기억하는 법

기억을 장면화하는 버릇이 있다. 이걸 버릇이라고 표현해도 될지 모르겠지만 내가
기억하고 싶거나, 어쩔 수 없이 기억될 만한 장면에 한해서만 그 현상이 나타난다.
그 장면에서 나는 마치 내 인생을 정말 영화로 보고 있는 관객처럼 장면을 객관화
시킨다. 그 장면에 있는 '나'라는 사람을 주인공으로 타자화시킨다는 것이다. 그 사
람과 걸었던 거리의 공기, 그날의 온도, 내 손을 잡고 있던 그 사람 손의 촉감, 나를
향해 웃어보이던 표정, 내게 건네던 목소리의 울림, 그날 하늘에 떠 있던 달의 모양
까지. 정말 구체적인 것까지 전부 기억하게 된다. 그 몇 안 되는 장면들 때문에 수도
없이 행복하고, 그만큼 힘들었다. 생생한 기억에서 감정이 사라질 때까지 기다리는
일은 실로 쉽지 않은 일이다. 기억에서 감정이 빠져야 비로소 완벽한 객체가 된다.
그 전까지는 그 사람을 여전히 사랑하는 나라는 주체를 기억에서 빼낼 수가 없다.
나는 사람을 그렇게 기억한다.

내가
누군가를
기억하는 법

내가 가지고 있는
가치관에 대한 서술

여러 번 참되, 상대방이 나를 존중하지 않는다는 생각이 들면 가차 없이 인연을 정리한다.

한 번 '내 사람'의 경계에 들어온 사람에게는 무엇을 해도 아깝다는 생각을 하지 않는다.

나와 생각이 다를 수 있다는 것은 존중하지만 상대방의 생각을 나에게 강요하다는 건 폭력이라고 생각한다.

사랑이라는 감정 앞에서는 그 어떤 것도 아끼지 않는다. 그것이 언젠가 나를 아프게 할지라도

내 가치관이 흔들렸던 순간

상대방이 나를 존중하지 않는다는 생각이 들어도 내가 아직 좋아한다는 이유로 쉽게 그 사람을 내려놓을 수 없었을 때. 나와 생각이 다르다고 해도 그 사람의 생각에 내 모든 것을 맞춰주고 싶었을 때. 사랑이라는 감정 앞에 내가 가진 모든 가치관이 산산조각 나버렸을 때. 나는 다른 무엇보다 사랑이라는 감정에 나약한 사람이라는 걸 느꼈다. 내가 마음속으로 꼭 지키고자 했던 모든 것들을 무너뜨릴 수 있는 건 오직 사랑밖에 없다. 누군가를 진심으로 사랑해버리면 지금껏 지켜왔던 많은 것들이 무용지물이 되어버린다. 그게 참 싫다.

내가
좋아하는 것들

해질녘 창문 밖으로 보이는 노을 진 하늘.

구름 한 점 없는 맑은 밤하늘에 뜬 초승달.

코끝에 스치는 약간 쌀쌀한 공기.

좋아하는 노래를 들으면서 침대에 누워 천장을 바라보고 있는 시간.

잠이 들랑 말랑 할 때의 나른함.

유독 피곤한 날 마시는 아이스 아메리카노.

누군가와 나의 마음이 같은 곳을 향하고 있음을 확신하는 순간.

적은 인원끼리 도란도란 이야기를 나눌 수 있는 새벽 라이브 방송.

나도 모르게 누군가를 떠올리고는 미소 지을 수 있는 순간.

지나간 시간까지 사랑이라 여기게 만들었던 너.

내가
싫어하는 것들

이유 없이 나를 비난하는 사람들이 하는 말들.

스트레스를 받았을 때 밀려오는 극심한 두통.

불안한 일이 있을 때 온몸이 다 울릴 듯 들리는 심장 소리.

금방이라도 살이 베일 것만 같은 추위.

누군가와 같이 밥을 먹고 있는데 그 순간이 불편해서 숨이 막힐 때.

이 사람이 나를 더 이상 사랑하지 않는구나 하고 느끼는 순간.

항상 나를 바라보고 있던 사람이 자꾸만 내게 등을 보일 때.

후회되는 일을 돌이킬 수 있는 방법을 도무지 찾을 수 없을 때.

나를 너무도 당연하게 생각할 때.

아무 일 없었다는 것처럼 멀쩡해보이는 너.

나의 가치관 형성에
가장 큰 영향을 미친 사람

가치관이라는 건 사실 주변 환경에 의해 학습되는 것이어서 어떠한 사람 한 명에 의해서 만들어졌다고 보기에는 어렵지만 그래도 가장 큰 영향력을 미친 사람은 엄마인 것 같다. 기쁠 때나 슬플 때나 그 모든 순간들을 엄마에게 가장 먼저 털어놓고 나름의 조언을 얻었다. 매번 도움이 되는 것이 아니었을지라도 결국 솔직하게 모든 걸말할 수 있는 누군가의 존재는 내 스스로 생각을 정리하는데 최선의 도움을 준다. 나는 늘 나약하다 강하다 했지만, 엄마는 내가 나약할 때나 강할 때나 그 고유성을 부정하지 않았다. 밑바닥의 상황에서도 나를 부정당하지 않는 것만큼 축복은 없다.

나의 가치관 형성에
가장 큰
영향을 미친 사람

내가 살면서
가장 비참했을 때

네가 아니라 너의 잔재를 사랑하고 있음을 깨달았을 때.
사랑이라고 믿었던 많은 것들이 결국 사랑이 아니었을 때.

내가 살면서
가장
비참했을 때

사랑하는 사람과 함께할 수 있는 시간이 단 하루만 주어진다면?

그 사람이 나의 연인이라면 하루 온종일 사랑한다는 말을 입에 담겠지만, 그 사람이 나의 연인이 아니라 내 마음에만 살아 있는 사람이라면 끝까지 사랑한다는 말을 하지 않겠다. 그 외에는 솔직히 하루라는 시간에 구애 받지 않고 평소와 다름없는 일들을 하게 될 것 같다. 밥을 먹고, 커피를 마시고, 손을 잡고, 길을 걷고, 마주 보고 웃고, 가장 좋아하는 영화를 다시 한 번 돌려 보고 그럴 수 있다면 그 사람 품에 안겨 잠들고 싶지 않은 마지막 밤을 보내고 싶다.

사랑하는 사람과
함께할 수 있는 시간이
단 하루만 주어진다면?

단 한 장의 사진을 찍을 수 있는 카메라가 있다면 어떤 것을 담고 싶은가?

누군가의 가장 행복해보이는 모습을 담고 싶다. 그게 내가 아는 사람이고 모르는 사람이고가 중요한 게 아니라 그냥 정말 행복하게 웃고 있는 사람이 프레임 안에 잡혔으면 좋겠다. 그게 아니라면 내가 정말 행복이라는 감정을 느낄 때 그 장소를 담는다거나. 단 한 장이라면 어떻게든 내가 더 신중했으면 좋겠다.

단 한 장의 사진을 찍을 수 있는
카메라가 있다면
어떤 것을 담고 싶은가?

내가 미래에 꿈꾸고 있는
집의 형태

마당이 있고 창이 크게 나 있어서 아침이 되면 햇빛이 집 안으로 쏟아지는 집. 다락
방에서 천장에 난 창으로 밤하늘을 올려다볼 수 있는 집. 전체적으로 따뜻하고 아
늑한 느낌을 주는 인테리어에 방 하나만큼은 좋아하는 책이 가득한 서재로 꾸밀 수
있는 집. 사랑하는 사람과 강아지와 고양이가 나를 반겨주는 집.

내가
미래에 꿈꾸고 있는
집의 형태

첫눈이 온다면
누구에게 어떤 연락을 하고 싶은가?

첫눈이 온다고 연락을 할 수 없는 누군가에게, 작년 겨울에 첫눈이 올 때 우리 집 문
을 두드려주어서 그렇게라도 같이 눈을 볼 수 있게 해주어서 고마웠다고, 올해 겨울
도 따뜻하게 보내라고, 꼭.

첫눈이 온다면
누구에게
어떤 연락을 하고 싶은가?

생각날 때
미리 써 놓는 유언장

지나온 내 삶은 누군가에게 전하지 못한 말들의 연속이었고, 그 독백들은 누군가에게 작디작은 위안이 되었다. 나의 아픔에 대해 토해낸 문장들이 당신에게 잠시나마 안정을 줄 수 있었다면, 나는 이번 생에 내가 잃어온 많은 것들을 더 이상 미워하지 않고 그것을 나의 기쁨이자 자랑으로 여기겠다. 많은 문장들을 남기고 가면 그 문장을 안고 오래도록 울게 될 사람들이 있어 이만 줄인다. 남은 이야기들은 이 세상이 아닌 곳에서 오랜만에 만나 회포를 풀 듯 늘어놓도록 하자. 일평생 사랑할 수 있어 감사했다. 내 곁을 지키고, 나를 거쳐간 많은 인연들이 언제나 행복하길 빈다.

내가 가지고 있는 안 좋은 습관,
그걸 고치기 위해 해왔던 일들

다른 사람들은 안 좋은 습관이라고 보기 어렵겠지만 나에게만은 한정적으로 안 좋은 것이 바로 기억하고, 기록하는 습관이다. 내가 느꼈던 감정과 생각들을 빼곡하게 정리해 놓고 그것에 대해 다시 되돌아보며 얻을 수 있는 것도 많지만 괜히 그것에 빠져서는 하루를 우울하게 보낸 적도 많았다. 그걸 고치기 위해 내가 해왔던 일은 솔직히 그렇게 많지 않다. 기껏해야 읽고 나서 기분이 다운될 만한 기록은 다시 읽지 않기로 마음먹은 것뿐.

내가 가지고 있는 안 좋은 습관,
그걸 고치기 위해
해왔던 일들

내 이름, 내 이름이 가진 뜻,
그 이름에 대한 성찰

새벽 세시, 사람이 가장 감수성이 풍부해진다는 시간. 그 시간에 떠오르는 감정과
생각들을 글로 풀어 쓰는 것을 좋아하는 내게 가장 적합한 필명일 것이라 생각되어
직접 지은 것.

그 외에 시나리오 작업 등에 사용하고 있는 'lucia'라는 이름은 '빛'이라는 뜻. 누군
가에게 글로써 빛이 될 수 있으면 하는 마음으로 지은 것.

내 이름,
내 이름이 가진 뜻,
그 이름에 대한 성찰

내가 누군가를 통해
새롭게 알게 된 것들

비 오는 날에는 그 노래를 듣는 게 가장 기분이 좋다는 것.

어느 가게의 맥주가 유난히 맛있다는 것.

내 먹는 모습이 예쁘다는 것.

무표정하게 있을 때 어딘지 모르게 화가 나 보여서 눈치 보일 때가 있으니 조심하
라는 것.

내 마음대로 상대방의 마음을 단정 지어버리면 언젠가 꼭 후회하게 된다는 것.

사랑한다는 말을 들었다고 전부 사랑이 될 수는 없다는 것.

시간이 지나도 잊히지 않는 사람도 있다는 것.

내가
사랑에 빠지는 순간

가만히 걷고 있는데 나도 모르게 옆에 서 있는 이 사람의 손을 잡아보고 싶을 때.

오래 본 사이가 아닌데도 불구하고 내 이야기를 주저 없이 늘어놓고 있을 때.

나를 보고 웃는 그 사람 얼굴이 유난히 예뻐보일 때.

비 오는 날에 받은 연락 한 통에 더 이상 우울하지 않을 때.

내가
사랑에 빠지는
순간

새벽 세시 #60

훗날 나의 아이가
나에게서 닮았으면 하는 것들

해야 될 일은 어떻게든 해내는 책임감.

자기 자신의 감정에 솔직할 수 있는 용기.

자기 자신을 표현할 수 있는 능력(꼭 글로 표현하는 것이 아니더라도).

내 사람만큼은 챙길 수 있는 친화력.

나를 다른 누구보다 더 사랑하고 감싸줄 수 있는 자존감.

훗날 나의 아이가
나에게서
닮았으면 하는 것들

훗날 나의 아이가
나에게서 닮지 않았으면 하는 것들

마음이 아프면 몸도 같이 아파버리는 체질.

누군가를 한 번 사랑하면 쉽게 마음을 내려놓지 못하는 미련함.

오늘 할 일을 자꾸만 뒤로 미루어버리는 게으름.

조금만 무리했다 싶으면 뒤집어지는 피부.

렌즈나 안경을 쓰지 않으면 제대로 보이지 않는 시력.

훗날 나의 아이가
나에게서
닮지 않았으면 하는 것들

일생에 한 번뿐인 결혼식에서
사랑하는 사람에게 하고 싶은 서약

온전하다는 말을 좋아하던 내가, 그 말과 가장 잘 어울리는 당신을 내 남은 평생의 반려자로 맞이하고자 합니다. 당신의 모든 감정을 함께하고, 당신의 모든 길을 함께 걷고 싶습니다. 당신이 평생 살면서 가장 잘한 일이 나를 만난 일이라고 자신 있게 자랑할 수 있게 해줄게요. 난 이미 당신을 만난 것에 내 평생의 행운을 다 써버렸어요. 우리 가는 길에 커다란 행운이 없더라도 그 자리 넘치는 행복으로 채우며 함께 잘 살아봐요. 세상에 사랑한다는 말을 표현할 수 있는 언어가 사라질 때까지 사랑해요.

일생에 한 번뿐인 결혼식에서
사랑하는 사람에게
하고 싶은 서약

지금껏 지내온 새벽 중
가장 아름다웠던 새벽에 대한 서술

맛있는 음식을 먹고 당신과 함께 집으로 돌아와서, 침대 위에서 노트북으로 내가 가장 좋아하는 영화를 함께 보며 중간 중간 당신과 눈이 마주칠 때마다 잠깐씩 웃어 보이다가, 세상에서 나를 가장 사랑한다는 눈으로 나를 바라보고 있는 당신의 눈을 마주했을 때. 저 영화 속의 주인공들보다 내가 살고 있는 이 순간이 더 영화 같음에 감사하던 그 찬란함의 새벽.

지금껏 지내온 새벽 중
가장 아름다웠던
새벽에 대한 서술

현재의 내 모습 그려보기

3년 후 내 모습 그려보기

10년 후 내 모습 그려보기

새벽 세시

*

낮보다는 밤을 좋아하고, 밤하늘에 떠 있는 달을 동경한다.

새벽 세시에는 주로 글을 쓴다.

그 시간에 함께하는 사람은 매일 같기도, 다르기도 하다.

앞으로 내 인생에서 꼭 이루고 싶은 것들 중

가장 중요한 한 가지를 꼽자면

나 역시 누군가의 온전한 새벽이 되는 일이다.

나와 함께한다면 아침이 오지 않아도 좋다는 사람을 사랑하고,

그 사람과 평생을 기대어 살아가는 것보다 가슴 벅찬 일이 있을까.

마지막으로 나의 수없는 새벽 동지들에게 늘 감사하다.

내 소개에 그대들을 언급하는 것은

그대들은 나의 감성의 일부분을 오롯이 차지하고 있기 때문이다.

나라는 존재를 앞으로도 걱정 인형처럼 사용해주었으면 좋겠다.

어둠이 유독 깊어지는 밤에도, 나 그대들이 있어 버틸 만했으니.